Diogenes Taschenbuch 23514

de
te
be

Die schönsten Gedichte von Rainer Maria Rilke

Ausgewählt von Franz Sutter
Mit einem Nachwort von
Stefan Zweig

Diogenes

Die vorliegende Auswahl erschien
erstmals 1997 in der Reihe
›Kleine Diogenes Taschenbücher‹
Beim Nachwort handelt es sich um
das gekürzte Kapitel ›Rilkes neue Gedichte‹
aus: Stefan Zweig, *Begegnungen mit Büchern.*
Aufsätze und Einleitungen aus den Jahren 1902–1939

Umschlagillustration: George Cochran Lambdin,
›Roses on a Wall‹, 1877
(Ausschnitt)

Veröffentlicht als Diogenes Taschenbuch, 2006

www.diogenes.ch
30/10/52/4
ISBN 978 3 257 23514 2

Rose, oh reiner Widerspruch, Lust,
Niemandes Schlaf zu sein unter soviel
Lidern.

Rilke bestimmte diese Verse als seinen Grabspruch. Sie stehen auf seinem Grabstein bei der Kirche von Raron.

Inhalt

Volksweise

Mich rührt so sehr
böhmischen Volkes Weise,
schleicht sie ins Herz sich leise,
macht sie es schwer.

Wenn ein Kind sacht
singt beim Kartoffeljäten,
klingt dir sein Lied im späten
Traum noch der Nacht.

Magst du auch sein
weit über Land gefahren,
fällt es dir doch nach Jahren
stets wieder ein.

Königslied

Darfst das Leben mit Würde ertragen,
nur die Kleinlichen macht es klein;
Bettler können dir Bruder sagen,
und du kannst doch ein König sein.

Ob dir der Stirne göttliches Schweigen
auch kein rotgoldener Reif unterbrach, –
Kinder werden sich vor dir neigen,
selige Schwärmer staunen dir nach.

Tage weben aus leuchtender Sonne
dir deinen Purpur und Hermelin,
und, in den Händen Wehmut und Wonne,
liegen die Nächte vor dir auf den Knien …

Wie meine Träume nach dir schrein

Wie meine Träume nach dir schrein.
Wir sind uns mühsam fremd geworden,
jetzt will es mir die Seele morden,
dies arme, bange Einsamsein.

Kein Hoffen, das die Segel bauscht.
Nur diese weite, weiße Stille,
in die mein tatenloser Wille
in atemlosem Bangen lauscht.

Du mußt das Leben nicht verstehen

Du mußt das Leben nicht verstehen,
dann wird es werden wie ein Fest.
Und laß dir jeden Tag geschehen
so wie ein Kind im Weitergehen
von jedem Wehen
sich viele Blüten schenken läßt.

Sie aufzusammeln und zu sparen,
das kommt dem Kind nicht in den Sinn.
Es löst sie leise aus den Haaren,
drin sie so gern gefangen waren,
und hält den lieben jungen Jahren
nach neuen seine Hände hin.

Ich lebe mein Leben in wachsenden Ringen

Ich lebe mein Leben in wachsenden Ringen,
die sich über die Dinge ziehn.
Ich werde den letzten vielleicht nicht
    vollbringen,
aber versuchen will ich ihn.

Ich kreise um Gott, um den uralten Turm,
und ich kreise jahrtausendelang;
und ich weiß noch nicht: bin ich ein Falke,
    ein Sturm
oder ein großer Gesang.

Ich lebe grad, da das Jahrhundert geht

Ich lebe grad, da das Jahrhundert geht.
Man fühlt den Wind von einem großen Blatt,
das Gott und du und ich beschrieben hat
und das sich hoch in fremden Händen dreht.

Man fühlt den Glanz von einer neuen Seite,
auf der noch Alles werden kann.

Die stillen Kräfte prüfen ihre Breite
und sehn einander dunkel an.

Ich lese es heraus aus deinem Wort

Ich lese es heraus aus deinem Wort,
aus der Geschichte der Gebärden,
mit welchen deine Hände um das Werden
sich ründeten, begrenzend, warm und weise.
Du sagtest *leben* laut und *sterben* leise
und wiederholtest immer wieder: *Sein.*
Doch vor dem ersten Tode kam der Mord.
Da ging ein Riß durch deine reifen Kreise
und ging ein Schrein
und riß die Stimmen fort,
die eben erst sich sammelten
um dich zu sagen,
um dich zu tragen
alles Abgrunds Brücke –

Und was sie seither stammelten,
sind Stücke
deines alten Namens.

Wenn es nur einmal so ganz stille wäre

Wenn es nur einmal so ganz stille wäre.
Wenn das Zufällige und Ungefähre
verstummte und das nachbarliche Lachen,
wenn das Geräusch, das meine Sinne machen,
mich nicht so sehr verhinderte am Wachen –:

Dann könnte ich in einem tausendfachen
Gedanken bis an deinen Rand dich denken
und dich besitzen (nur ein Lächeln lang),
um dich an alles Leben zu verschenken
wie einen Dank.

Werkleute sind wir: Knappen, Jünger, Meister

Werkleute sind wir: Knappen, Jünger, Meister,
und bauen dich, du hohes Mittelschiff.
Und manchmal kommt ein ernster Hergereister,
geht wie ein Glanz durch unsre hundert Geister
und zeigt uns zitternd einen neuen Griff.

Wir steigen in die wiegenden Gerüste,
in unsern Händen hängt der Hammer schwer,
bis eine Stunde uns die Stirnen küßte,
die strahlend und als ob sie Alles wüßte
von dir kommt, wie der Wind vom Meer.

Dann ist ein Hallen von dem vielen Hämmern
und durch die Berge geht es Stoß um Stoß.
Erst wenn es dunkelt lassen wir dich los:
Und deine kommenden Konturen dämmern.

Gott, du bist groß.

Menschen bei Nacht

Die Nächte sind nicht für die Menge gemacht.
Von deinem Nachbar trennt dich die Nacht,
und du sollst ihn nicht suchen trotzdem.
Und machst du nachts deine Stube licht,
um Menschen zu schauen ins Angesicht,
so mußt du bedenken: wem.

Die Menschen sind furchtbar vom Licht
entstellt,
das von ihren Gesichtern träuft,
und haben sie nachts sich zusammengesellt,
so schaust du eine wankende Welt
durcheinandergehäuft.
Auf ihren Stirnen hat gelber Schein
alle Gedanken verdrängt,
in ihren Blicken flackert der Wein,
an ihren Händen hängt
die schwere Gebärde, mit der sie sich
bei ihren Gesprächen verstehn;
und dabei sagen sie: *Ich* und *Ich*
und meinen: Irgendwen.

Die Heiligen Drei Könige
Legende

Einst als am Saum der Wüsten sich
auftat die Hand des Herrn
wie eine Frucht, die sommerlich
verkündet ihren Kern,
da war ein Wunder: Fern
erkannten und begrüßten sich
drei Könige und ein Stern.

Drei Könige von Unterwegs
und der Stern Überall,
die zogen alle (überlegs!)
so rechts ein Rex und links ein Rex
zu einem stillen Stall.

Was brachten die nicht alles mit
zum Stall von Bethlehem!
Weithin erklirrte jeder Schritt,
und der auf einem Rappen ritt,
saß samten und bequem.
Und der zu seiner Rechten ging,
der war ein goldner Mann,
und der zu seiner Linken fing
mit Schwung und Schwing
und Klang und Kling

aus einem runden Silberding,
das wiegend und in Ringen hing,
ganz blau zu rauchen an.

Da lachte der Stern Überall
so seltsam über sie,
und lief voraus und stand am Stall
und sagte zu Marie:

Da bring ich eine Wanderschaft
aus vieler Fremde her.
Drei Könige mit *magenkraft**,
von Gold und Topas schwer
und dunkel, tumb und heidenhaft, –
erschrick mir nicht zu sehr.
Sie haben alle drei zuhaus
zwölf Töchter, keinen Sohn,
so bitten sie sich deinen aus
als Sonne ihres Himmelblaus
und Trost für ihren Thron.
Doch mußt du nicht gleich glauben: bloß
ein Funkelfürst und Heidenscheich
sei deines Sohnes Los.
Bedenk, der Weg ist groß.
Sie wandern lange, Hirten gleich,

* *mittelhochdeutsch: ›Macht‹ (RMR.)*

inzwischen fällt ihr reifes Reich
weiß Gott wem in den Schoß.
Und während hier, wie Westwind warm,
der Ochs ihr Ohr umschnaubt,
sind sie vielleicht schon alle arm
und so wie ohne Haupt.
Drum mach mit deinem Lächeln licht
die Wirrnis, die sie sind,
und wende du dein Angesicht
nach Aufgang und dein Kind;
dort liegt in blauen Linien,
was jeder dir verließ:
Smaragda und Rubinien
und die Tale von Türkis.

Du, Nachbar Gott, wenn ich dich manchesmal

Du, Nachbar Gott, wenn ich dich manchesmal
in langer Nacht mit hartem Klopfen störe, –
so ists, weil ich dich selten atmen höre
und weiß: Du bist allein im Saal.
Und wenn du etwas brauchst, ist keiner da,
um deinem Tasten einen Trank zu reichen:
Ich horche immer. Gib ein kleines Zeichen.
Ich bin ganz nah.

Nur eine schmale Wand ist zwischen uns,
durch Zufall; denn es könnte sein:
ein Rufen deines oder meines Munds –
und sie bricht ein
ganz ohne Lärm und Laut.

Aus deinen Bildern ist sie aufgebaut.

Und deine Bilder stehn vor dir wie Namen.
Und wenn einmal das Licht in mir entbrennt,
mit welchem meine Tiefe dich erkennt,
vergeudet sichs als Glanz auf ihren Rahmen.

Und meine Sinne, welche schnell erlahmen,
sind ohne Heimat und von dir getrennt.

Verkündigung
Die Worte des Engels

Du bist nicht näher an Gott als wir;
wir sind ihm alle weit.
Aber wunderbar sind dir
die Hände benedeit.
So reifen sie bei keiner Frau,
so schimmernd aus dem Saum:
ich bin der Tag, ich bin der Tau,
du aber bist der Baum.

Ich bin jetzt matt, mein Weg war weit,
vergib mir, ich vergaß,
was Er, der groß in Goldgeschmeid
wie in der Sonne saß,
dir künden ließ, du Sinnende
(verwirrt hat mich der Raum).
Sieh: ich bin das Beginnende,
du aber bist der Baum.

Ich spannte meine Schwingen aus
und wurde seltsam weit;
jetzt überfließt dein kleines Haus
von meinem großen Kleid.
Und dennoch bist du so allein
wie nie und schaust mich kaum;

das macht: ich bin ein Hauch im Hain,
du aber bist der Baum.

Die Engel alle bangen so,
lassen einander los:
noch nie war das Verlangen so,
so ungewiß und groß.
Vielleicht, daß Etwas bald geschieht,
das du im Traum begreifst.
Gegrüßt sei, meine Seele sieht:
du bist bereit und reifst.
Du bist ein großes, hohes Tor,
und aufgehn wirst du bald.
Du, meines Liedes liebstes Ohr,
jetzt fühle ich: mein Wort verlor
sich in dir wie im Wald.

So kam ich und vollendete
dir tausendeinen Traum.
Gott sah mich an: er blendete ...

Du aber bist der Baum.

Kindheit

Da rinnt der Schule lange Angst und Zeit
mit Warten hin, mit lauter dumpfen Dingen.
O Einsamkeit, o schweres Zeitverbringen …
Und dann hinaus: die Straßen sprühn und
klingen,
und auf den Plätzen die Fontänen springen
und in den Gärten wird die Welt so weit –.
Und durch das alles gehn im kleinen Kleid,
ganz anders als die andern gehn und gingen –:
O wunderliche Zeit, o Zeitverbringen,
o Einsamkeit.

Und in das alles fern hinauszuschauen:
Männer und Frauen; Männer, Männer, Frauen
und Kinder, welche anders sind und bunt;
und da ein Haus und dann und wann ein Hund
und Schrecken lautlos wechselnd mit
Vertrauen –:
O Trauer ohne Sinn, o Traum, o Grauen,
o Tiefe ohne Grund.

Und so zu spielen: Ball und Ring und Reifen
in einem Garten, welcher sanft verblaßt,
und manchmal die Erwachsenen zu streifen,
blind und verwildert in des Haschens Hast,

aber am Abend still, mit kleinen steifen
Schritten nach Haus zu gehn, fest angefaßt –:
O immer mehr entweichendes Begreifen,
o Angst, o Last.

Und stundenlang am großen grauen Teiche
mit einem kleinen Segelschiff zu knien;
es zu vergessen, weil noch andre, gleiche
und schönere Segel durch die Ringe ziehn,
und denken müssen an das kleine bleiche
Gesicht, das sinkend aus dem Teiche schien –:
O Kindheit, o entgleitende Vergleiche.
Wohin? Wohin?

Schlußstück

Der Tod ist groß.
Wir sind die Seinen
lachenden Munds.
Wenn wir uns mitten im Leben meinen,
wagt er zu weinen
mitten in uns.

Du mußt nicht bangen, Gott. Sie sagen: mein

Du mußt nicht bangen, Gott. Sie sagen: *mein*
zu allen Dingen, die geduldig sind.
Sie sind wie Wind, der an die Zweige streift
und sagt: *mein* Baum.

Sie merken kaum,
wie alles glüht, was ihre Hand ergreift, –
so daß sie's auch an seinem letzten Saum
nicht halten könnten ohne zu verbrennen.

Sie sagen *mein*, wie manchmal einer gern
den Fürsten Freund nennt im Gespräch mit
Bauern,
wenn dieser Fürst sehr groß ist und – sehr fern.
Sie sagen *mein* von ihren fremden Mauern
und kennen gar nicht ihres Hauses Herrn.
Sie sagen *mein* und nennen das Besitz,
wenn jedes Ding sich schließt, dem sie sich nahn,
so wie ein abgeschmackter Charlatan
vielleicht die Sonne sein nennt und den Blitz.
So sagen sie: mein Leben, meine Frau,
mein Hund, mein Kind, und wissen doch genau,
daß alles: Leben, Frau und Hund und Kind
fremde Gebilde sind, daran sie blind

mit ihren ausgestreckten Händen stoßen.
Gewißheit freilich ist das nur den Großen,
die sich nach Augen sehnen. Denn die Andern
wollens nicht hören, daß ihr armes Wandern
mit keinem Dinge rings zusammenhängt,
daß sie, von ihrer Habe fortgedrängt,
nicht anerkannt von ihrem Eigentume,
das Weib so wenig *haben* wie die Blume,
die eines fremden Lebens ist für alle.

Falle nicht, Gott, aus deinem Gleichgewicht.
Auch der dich liebt und der dein Angesicht
erkennt im Dunkel, wenn er wie ein Licht
in deinem Atem schwankt, – besitzt dich nicht.
Und wenn dich einer in der Nacht erfaßt,
so daß du kommen mußt in sein Gebet:
Du bist der Gast,
der wieder weiter geht.

Wer kann dich halten, Gott? Denn du bist dein,
von keines Eigentümers Hand gestört,
so wie der noch nicht ausgereifte Wein,
der immer süßer wird, sich selbst gehört.

Alle, welche dich suchen, versuchen dich

Alle, welche dich suchen, versuchen dich.
Und die, so dich finden, binden dich
an Bild und Gebärde.

Ich aber will dich begreifen
wie dich die Erde begreift;
mit meinem Reifen
reift
dein Reich.

Ich will von dir keine Eitelkeit,
die dich beweist.
Ich weiß, daß dic Zeit
anders heißt
als du.

Tu mir kein Wunder zulieb.
Gib deinen Gesetzen recht,
die von Geschlecht zu Geschlecht
sichtbarer sind.

Der Lesende

Ich las schon lang. Seit dieser Nachmittag,
mit Regen rauschend, an den Fenstern lag.
Vom Winde draußen hörte ich nichts mehr:
mein Buch war schwer.
Ich sah ihm in die Blätter wie in Mienen,
die dunkel werden von Nachdenklichkeit,
und um mein Lesen staute sich die Zeit. –
Auf einmal sind die Seiten überschienen,
und statt der bangen Wortverworrenheit
steht: Abend, Abend … überall auf ihnen.
Ich schau noch nicht hinaus, und doch zerreißen
die langen Zeilen, und die Worte rollen
von ihren Fäden fort, wohin sie wollen …
Da weiß ich es: über den übervollen
glänzenden Gärten sind die Himmel weit;
die Sonne hat noch einmal kommen sollen. –
Und jetzt wird Sommernacht, soweit man sieht:
zu wenig Gruppen stellt sich das Verstreute,
dunkel, auf langen Wegen, gehn die Leute,
und seltsam weit, als ob es mehr bedeute,
hört man das Wenige, das noch geschieht.

Und wenn ich jetzt vom Buch die Augen hebe,
wird nichts befremdlich sein und alles groß.
Dort draußen ist, was ich hier drinnen lebe,

und hier und dort ist alles grenzenlos;
nur daß ich mich noch mehr damit verwebe,
wenn meine Blicke an die Dinge passen
und an die ernste Einfachheit der Massen, –
da wächst die Erde über sich hinaus.
Den ganzen Himmel scheint sie zu umfassen:
der erste Stern ist wie das letzte Haus.

Herbsttag

Herr: es ist Zeit. Der Sommer war sehr groß.
Leg deinen Schatten auf die Sonnenuhren,
und auf den Fluren laß die Winde los.

Befiehl den letzten Früchten voll zu sein;
gib ihnen noch zwei südlichere Tage,
dränge sie zur Vollendung hin und jage
die letzte Süße in den schweren Wein.

Wer jetzt kein Haus hat, baut sich keines mehr.
Wer jetzt allein ist, wird es lange bleiben,
wird wachen, lesen, lange Briefe schreiben
und wird in den Alleen hin und her
unruhig wandern, wenn die Blätter treiben.

Pont du Carrousel

Der blinde Mann, der auf der Brücke steht,
grau wie ein Markstein namenloser Reiche,
er ist vielleicht das Ding, das immer gleiche,
um das von fern die Sternenstunde geht,
und der Gestirne stiller Mittelpunkt.
Denn alles um ihn irrt und rinnt und prunkt.

Er ist der unbewegliche Gerechte,
in viele wirre Wege hingestellt;
der dunkle Eingang in die Unterwelt
bei einem oberflächlichen Geschlechte.

Der Panther

Im Jardin des Plantes, Paris

Sein Blick ist vom Vorübergehn der Stäbe
so müd geworden, daß er nichts mehr hält.
Ihm ist, als ob es tausend Stäbe gäbe
und hinter tausend Stäben keine Welt.

Der weiche Gang geschmeidig starker Schritte,
der sich im allerkleinsten Kreise dreht,
ist wie ein Tanz von Kraft um eine Mitte,
in der betäubt ein großer Wille steht.

Nur manchmal schiebt der Vorhang der Pupille
sich lautlos auf –. Dann geht ein Bild hinein,
geht durch der Glieder angespannte Stille –
und hört im Herzen auf zu sein.

Orpheus. Eurydike. Hermes

Das war der Seelen wunderliches Bergwerk.
Wie stille Silbererze gingen sie
als Adern durch sein Dunkel. Zwischen
  Wurzeln
entsprang das Blut, das fortgeht zu den
  Menschen,
und schwer wie Porphyr sah es aus im Dunkel.
Sonst war nichts Rotes.

Felsen waren da
und wesenlose Wälder. Brücken über Leeres
und jener große graue blinde Teich,
der über seinem fernen Grunde hing
wie Regenhimmel über einer Landschaft.
Und zwischen Wiesen, sanft und voller
  Langmut,
erschien des einen Weges blasser Streifen,
wie eine lange Bleiche hingelegt.

Und dieses einen Weges kamen sie.

Voran der schlanke Mann im blauen Mantel,
der stumm und ungeduldig vor sich aussah.
Ohne zu kauen fraß sein Schritt den Weg
in großen Bissen; seine Hände hingen

schwer und verschlossen aus dem Fall der Falten
und wußten nicht mehr von der leichten Leier,
die in die Linke eingewachsen war
wie Rosenranken in den Ast des Ölbaums.
Und seine Sinne waren wie entzweit:
indes der Blick ihm wie ein Hund vorauslief,
umkehrte, kam und immer wieder weit
und wartend an der nächsten Wendung stand, –
blieb sein Gehör wie ein Geruch zurück.
Manchmal erschien es ihm als reichte es
bis an das Gehen jener beiden andern,
die folgen sollten diesen ganzen Aufstieg.
Dann wieder wars nur seines Steigens
Nachklang
und seines Mantels Wind was hinter ihm war.
Er aber sagte sich, sie kämen doch;
sagte es laut und hörte sich verhallen.
Sie kämen doch, nur wärens zwei
die furchtbar leise gingen. Dürfte er
sich einmal wenden (wäre das Zurückschaun
nicht die Zersetzung dieses ganzen Werkes,
das erst vollbracht wird), müßte er sie sehen,
die beiden Leisen, die ihm schweigend nachgehn:

Den Gott des Ganges und der weiten Botschaft,
die Reisehaube über hellen Augen,
den schlanken Stab hertragend vor dem Leibe

und flügelschlagend an den Fußgelenken;
und seiner linken Hand gegeben: *sie*.

Die So-geliebte, daß aus einer Leier
mehr Klage kam als je aus Klagefrauen;
daß eine Welt aus Klage ward, in der
alles noch einmal da war: Wald und Tal
und Weg und Ortschaft, Feld und Fluß und
Tier;
und daß um diese Klage-Welt, ganz so
wie um die andre Erde, eine Sonne
und ein gestirnter stiller Himmel ging,
ein Klage-Himmel mit entstellten Sternen –:
Diese So-geliebte.

Sie aber ging an jenes Gottes Hand,
den Schritt beschränkt von langen
Leichenbändern,
unsicher, sanft und ohne Ungeduld.
Sie war in sich, wie Eine hoher Hoffnung,
und dachte nicht des Mannes, der voranging,
und nicht des Weges, der ins Leben aufstieg.
Sie war in sich. Und ihr Gestorbensein
erfüllte sie wie Fülle.
Wie eine Frucht von Süßigkeit und Dunkel,
so war sie voll von ihrem großen Tode,
der also neu war, daß sie nichts begriff.

Sie war in einem neuen Mädchentum
und unberührbar; ihr Geschlecht war zu
wie eine junge Blume gegen Abend,
und ihre Hände waren der Vermählung
so sehr entwöhnt, daß selbst des leichten Gottes
unendlich leise, leitende Berührung
sie kränkte wie zu sehr Vertraulichkeit.

Sie war schon nicht mehr diese blonde Frau,
die in des Dichters Liedern manchmal anklang,
nicht mehr des breiten Bettes Duft und Eiland
und jenes Mannes Eigentum nicht mehr.

Sie war schon aufgelöst wie langes Haar
und hingegeben wie gefallner Regen
und ausgeteilt wie hundertfacher Vorrat.

Sie war schon Wurzel.

Und als plötzlich jäh
der Gott sie anhielt und mit Schmerz im Ausruf
die Worte sprach: Er hat sich umgewendet –,
begriff sie nichts und sagte leise: *Wer?*

Fern aber, dunkel vor dem klaren Ausgang,
stand irgend jemand, dessen Angesicht
nicht zu erkennen war. Er stand und sah,

wie auf dem Streifen eines Wiesenpfades
mit trauervollem Blick der Gott der Botschaft
sich schweigend wandte, der Gestalt zu folgen,
die schon zurückging dieses selben Weges,
den Schritt beschränkt von langen
Leichenbändern,
unsicher, sanft und ohne Ungeduld.

David singt vor Saul

I

König, hörst du, wie mein Saitenspiel
Fernen wirft, durch die wir uns bewegen:
Sterne treiben uns verwirrt entgegen,
und wir fallen endlich wie ein Regen,
und es blüht, wo dieser Regen fiel.

Mädchen blühen, die du noch erkannt,
die jetzt Frauen sind und mich verführen;
den Geruch der Jungfraun kannst du spüren,
und die Knaben stehen, angespannt
schlank und atmend, an verschwiegnen Türen.

Daß mein Klang dir alles wiederbrächte.
Aber trunken taumelt mein Getön:
Deine Nächte, König, deine Nächte –,
und wie waren, die dein Schaffen schwächte,
o wie waren alle Leiber schön.

Dein Erinnern glaub ich zu begleiten,
weil ich ahne. Doch auf welchen Saiten
greif ich dir ihr dunkles Lustgestöhn? –

II

König, der du alles dieses hattest
und der du mit lauter Leben mich
überwältigest und überschattest:
komm aus deinem Throne und zerbrich
meine Harfe, die du so ermattest.

Sie ist wie ein abgenommner Baum:
durch die Zweige, die dir Frucht getragen,
schaut jetzt eine Tiefe wie von Tagen,
welche kommen –, und ich kenn sie kaum.

Laß mich nicht mehr bei der Harfe schlafen;
sieh dir diese Knabenhand da an:
glaubst du, König, daß sie die Oktaven
eines Leibes noch nicht greifen kann?

III

König, birgst du dich in Finsternissen,
und ich hab dich doch in der Gewalt.
Sieh, mein festes Lied ist nicht gerissen,
und der Raum wird um uns beide kalt.
Mein verwaistes Herz und dein verworrnes
hängen in den Wolken deines Zornes,

wütend ineinander eingebissen
und zu einem einzigen verkrallt.

Fühlst du jetzt, wie wir uns umgestalten?
König, König, das Gewicht wird Geist.
Wenn wir uns nur aneinander halten,
du am Jungen, König, ich am Alten,
sind wir fast wie ein Gestirn, das kreist.

Der Schwan

Diese Mühsal, durch noch Ungetanes
schwer und wie gebunden hinzugehn,
gleicht dem ungeschaffnen Gang des Schwanes.

Und das Sterben, dieses Nichtmehrfassen
jenes Grunds, auf dem wir täglich stehn,
seinem ängstlichen Sich-Niederlassen –:

in die Wasser, die ihn sanft empfangen
und die sich, wie glücklich und vergangen,
unter ihm zurückziehn, Flut um Flut;
während er unendlich still und sicher
immer mündiger und königlicher
und gelassener zu ziehn geruht.

Früher Apollo

Wie manches Mal durch das noch unbelaubte
Gezweig ein Morgen durchsieht, der schon ganz
im Frühling ist: so ist in seinem Haupte
nichts, was verhindern könnte, daß der Glanz

aller Gedichte uns fast tödlich träfe;
denn noch kein Schatten ist in seinem Schaun,
zu kühl für Lorbeer sind noch seine Schläfe,
und später erst wird aus den Augenbraun

hochstämmig sich der Rosengarten heben,
aus welchem Blätter, einzeln, ausgelöst
hintreiben werden auf des Mundes Beben,

der jetzt noch still ist, niegebraucht und blinkend
und nur mit einem Lächeln etwas trinkend,
als würde ihm sein Singen eingeflößt.

Der Auszug des verlorenen Sohnes

Nun fortzugehn von alledem Verworrnen,
das unser ist und uns doch nicht gehört,
das, wie das Wasser in den alten Bornen,
uns zitternd spiegelt und das Bild zerstört;
von allem diesen, das sich wie mit Dornen
noch einmal an uns anhängt – fortzugehn
und Das und Den,
die man schon nicht mehr sah
(so täglich waren sie und so gewöhnlich),
auf einmal anzuschauen: sanft, versöhnlich
und wie an einem Anfang und von nah;
und ahnend einzusehn, wie unpersönlich,
wie über alle hin das Leid geschah,
von dem die Kindheit voll war bis zum Rand –:
Und dann doch fortzugehen, Hand aus Hand,
als ob man ein Geheiltes neu zerrisse,
und fortzugehn: wohin? Ins Ungewisse,
weit in ein unverwandtes warmes Land,
das hinter allem Handeln wie Kulisse
gleichgültig sein wird: Garten oder Wand;
und fortzugehn: warum? Aus Drang, aus
Artung,
aus Ungeduld, aus dunkeler Erwartung,
aus Unverständlichkeit und Unverstand:

Dies alles auf sich nehmen und vergebens
vielleicht Gehaltnes fallen lassen, um
allein zu sterben, wissend nicht warum –
Ist das der Eingang eines neuen Lebens?

Der Ölbaum-Garten

Er ging hinauf unter dem grauen Laub
ganz grau und aufgelöst im Ölgelände
und legte seine Stirne voller Staub
tief in das Staubigsein der heißen Hände.

Nach allem dies. Und dieses war der Schluß.
Jetzt soll ich gehen, während ich erblinde,
und warum willst Du, daß ich sagen muß
Du seist, wenn ich Dich selber nicht mehr finde.

Ich finde Dich nicht mehr. Nicht in mir, nein.
Nicht in den andern. Nicht in diesem Stein.
Ich finde Dich nicht mehr. Ich bin allein.

Ich bin allein mit aller Menschen Gram,
den ich durch Dich zu lindern unternahm,
der Du nicht bist. O namenlose Scham...

Später erzählte man: ein Engel kam –.

Warum ein Engel? Ach es kam die Nacht
und blätterte gleichgültig in den Bäumen.
Die Jünger rührten sich in ihren Träumen.
Warum ein Engel? Ach es kam die Nacht.

Die Nacht, die kam, war keine ungemeine;
so gehen Hunderte vorbei.
Da schlafen Hunde und da liegen Steine.
Ach eine traurige, ach irgendeine,
die wartet, bis es wieder Morgen sei.

Denn Engel kommen nicht zu solchen Betern,
und Nächte werden nicht um solche groß.
Die Sich-Verlierenden läßt alles los,
und sie sind preisgegeben von den Vätern
und ausgeschlossen aus der Mütter Schoß.

Der Engel

Mit einem Neigen seiner Stirne weist
er weit von sich was einschränkt und verpflichtet;
denn durch sein Herz geht riesig aufgerichtet
das ewig Kommende das kreist.

Die tiefen Himmel stehn ihm voll Gestalten,
und jede kann ihm rufen: komm, erkenn –.
Gib seinen leichten Händen nichts zu halten
aus deinem Lastenden. Sie kämen denn

bei Nacht zu dir, dich ringender zu prüfen,
und gingen wie Erzürnte durch das Haus
und griffen dich als ob sie dich erschüfen
und brächen dich aus deiner Form heraus.

Ein Frauen-Schicksal

So wie der König auf der Jagd ein Glas
ergreift, daraus zu trinken, irgendeines, –
und wie hernach der welcher es besaß
es fortstellt und verwahrt als wär es keines:

so hob vielleicht das Schicksal, durstig auch,
bisweilen Eine an den Mund und trank,
die dann ein kleines Leben, viel zu bang
sie zu zerbrechen, abseits vom Gebrauch

hinstellte in die ängstliche Vitrine,
in welcher seine Kostbarkeiten sind
(oder die Dinge, die für kostbar gelten).

Da stand sie fremd wie eine Fortgeliehne
und wurde einfach alt und wurde blind
und war nicht kostbar und war niemals selten.

Abschied

Wie hab ich das gefühlt was Abschied heißt.
Wie weiß ichs noch: ein dunkles unverwundnes
grausames Etwas, das ein Schönverbundnes
noch einmal zeigt und hinhält und zerreißt.

Wie war ich ohne Wehr, dem zuzuschauen,
das, da es mich, mich rufend, gehen ließ,
zurückblieb, so als wärens alle Frauen
und dennoch klein und weiß und nichts als dies:

Ein Winken, schon nicht mehr auf mich bezogen,
ein leise Weiterwinkendes –, schon kaum
erklärbar mehr: vielleicht ein Pflaumenbaum,
von dem ein Kuckuck hastig abgeflogen.

Blaue Hortensie

So wie das letzte Grün in Farbentiegeln
sind diese Blätter, trocken, stumpf und rauh,
hinter den Blütendolden, die ein Blau
nicht auf sich tragen, nur von ferne spiegeln.

Sie spiegeln es verweint und ungenau,
als wollten sie es wiederum verlieren,
und wie in alten blauen Briefpapieren
ist Gelb in ihnen, Violett und Grau;

Verwaschnes wie an einer Kinderschürze,
Nichtmehrgetragnes, dem nichts mehr geschieht:
wie fühlt man eines kleinen Lebens Kürze.

Doch plötzlich scheint das Blau sich zu
verneuen
in einer von den Dolden, und man sieht
ein rührend Blaues sich vor Grünem freuen.

Das Karussell

Jardin du Luxembourg

Mit einem Dach und seinem Schatten dreht
sich eine kleine Weile der Bestand
von bunten Pferden, alle aus dem Land,
das lange zögert, eh es untergeht.
Zwar manche sind an Wagen angespannt,
doch alle haben Mut in ihren Mienen;
ein böser roter Löwe geht mit ihnen
und dann und wann ein weißer Elefant.

Sogar ein Hirsch ist da, ganz wie im Wald,
nur daß er einen Sattel trägt und drüber
ein kleines blaues Mädchen aufgeschnallt.

Und auf dem Löwen reitet weiß ein Junge
und hält sich mit der kleinen heißen Hand,
dieweil der Löwe Zähne zeigt und Zunge.

Und dann und wann ein weißer Elefant.

Und auf den Pferden kommen sie vorüber,
auch Mädchen, helle, diesem Pferdesprunge
fast schon entwachsen; mitten in dem Schwunge
schauen sie auf, irgendwohin, herüber –

Und dann und wann ein weißer Elefant.

Und das geht hin und eilt sich, daß es endet,
und kreist und dreht sich nur und hat kein Ziel.
Ein Rot, ein Grün, ein Grau vorbeigesendet,
und kleines kaum begonnenes Profil –.
Und manchesmal ein Lächeln, hergewendet,
ein seliges, das blendet und verschwendet
an dieses atemlose blinde Spiel...

Liebes-Lied

Wie soll ich meine Seele halten, daß
sie nicht an deine rührt? Wie soll ich sie
hinheben über dich zu andern Dingen?
Ach gerne möcht ich sie bei irgendwas
Verlorenem im Dunkel unterbringen
an einer fremden stillen Stelle, die
nicht weiterschwingt, wenn deine Tiefen
schwingen.
Doch alles, was uns anrührt, dich und mich,
nimmt uns zusammen wie ein Bogenstrich,
der aus zwei Saiten *eine* Stimme zieht.
Auf welches Instrument sind wir gespannt?
Und welcher Geiger hat uns in der Hand?
O süßes Lied.

Die Erwachsene

Das alles stand auf ihr und war die Welt
und stand auf ihr mit allem, Angst und Gnade,
wie Bäume stehen, wachsend und gerade,
ganz Bild und bildlos wie die Bundeslade
und feierlich, wie auf ein Volk gestellt.

Und sie ertrug es; trug bis obenhin
das Fliegende, Entfliehende, Entfernte,
das Ungeheuere, noch Unerlernte
gelassen wie die Wasserträgerin
den vollen Krug. Bis mitten unterm Spiel,
verwandelnd und auf andres vorbereitend,
der erste weiße Schleier, leise gleitend,
über das aufgetane Antlitz fiel

fast undurchsichtig und sich nie mehr hebend
und irgendwie auf alle Fragen ihr
nur eine Antwort vage wiedergebend:
In dir, du Kindgewesene, in dir.

Der Tod der Geliebten

Er wußte nur vom Tod was alle wissen:
daß er uns nimmt und in das Stumme stößt.
Als aber sie, nicht von ihm fortgerissen,
nein, leis aus seinen Augen ausgelöst,

hinüberglitt zu unbekannten Schatten,
und als er fühlte, daß sie drüben nun
wie einen Mond ihr Mädchenlächeln hatten
und ihre Weise wohlzutun:

da wurden ihm die Toten so bekannt,
als wäre er durch sie mit einem jeden
ganz nah verwandt; er ließ die andern reden

und glaubte nicht und nannte jenes Land
das gutgelegene, das immersüße –.
Und tastete es ab für ihre Füße.

Lied vom Meer

Capri. Piccola Marina

Uraltes Wehn vom Meer,
Meerwind bei Nacht:
  du kommst zu keinem her;
wenn einer wacht,
so muß er sehn, wie er
dich übersteht:
  uraltes Wehn vom Meer,
welches weht
nur wie für Ur-Gestein,
lauter Raum
reißend von weit herein …
  O wie fühlt dich ein
treibender Feigenbaum
oben im Mondschein.

Das Rosen-Innere

Wo ist zu diesem Innen
ein Außen? Auf welches Weh
legt man solches Linnen?
Welche Himmel spiegeln sich drinnen
in dem Binnensee
dieser offenen Rosen,
dieser sorglosen, sieh:
wie sie lose im Losen
liegen, als könnte nie
eine zitternde Hand sie verschütten.
Sie können sich selber kaum
halten; viele ließen
sich überfüllen und fließen
über von Innenraum
in die Tage, die immer
voller und voller sich schließen,
bis der ganze Sommer ein Zimmer
wird, ein Zimmer in einem Traum.

Der Apfelgarten

Borgeby-Gård

Komm gleich nach dem Sonnenuntergange,
sieh das Abendgrün des Rasengrunds;
ist es nicht, als hätten wir es lange
angesammelt und erspart in uns,

um es jetzt aus Fühlen und Erinnern,
neuer Hoffnung, halbvergeßnem Freun,
noch vermischt mit Dunkel aus dem Innern,
in Gedanken vor uns hinzustreun

unter Bäume wie von Dürer, die
das Gewicht von hundert Arbeitstagen
in den überfüllten Früchten tragen,
dienend, voll Geduld, versuchend, wie

das, was alle Maße übersteigt,
noch zu heben ist und hinzugeben,
wenn man willig, durch ein langes Leben
nur das Eine will und wächst und schweigt.

Die Flamingos

Jardin des Plantes, Paris

In Spiegelbildern wie von Fragonard
ist doch von ihrem Weiß und ihrer Röte
nicht mehr gegeben, als dir einer böte,
wenn er von seiner Freundin sagt: sie war

noch sanft von Schlaf. Denn steigen sie
 ins Grüne
und stehn, auf rosa Stielen leicht gedreht,
beisammen, blühend, wie in einem Beet,
verführen sie verführender als Phryne

sich selber; bis sie ihres Auges Bleiche
hinhalsend bergen in der eignen Weiche,
in welcher Schwarz und Fruchtrot
 sich versteckt.

Auf einmal kreischt ein Neid durch
 die Volière;
sie aber haben sich erstaunt gestreckt
und schreiten einzeln ins Imaginäre.

Archaischer Torso Apollos

Wir kannten nicht sein unerhörtes Haupt,
darin die Augenäpfel reiften. Aber
sein Torso glüht noch wie ein Kandelaber,
in dem sein Schauen, nur zurückgeschraubt,

sich hält und glänzt. Sonst könnte nicht der Bug
der Brust dich blenden, und im leisen Drehen
der Lenden könnte nicht ein Lächeln gehen
zu jener Mitte, die die Zeugung trug.

Sonst stünde dieser Stein entstellt und kurz
unter der Schultern durchsichtigem Sturz
und flimmerte nicht so wie Raubtierfelle;

und bräche nicht aus allen seinen Rändern
aus wie ein Stern: denn da ist keine Stelle,
die dich nicht sieht. Du mußt dein Leben
    ändern.

Der Fremde

Ohne Sorgfalt, was die Nächsten dächten,
die er müde nicht mehr fragen hieß,
ging er wieder fort; verlor, verließ –.
Denn er hing an solchen Reisenächten

anders als an jeder Liebesnacht.
Wunderbare hatte er durchwacht,
die mit starken Sternen überzogen
enge Fernen auseinanderbogen
und sich wandelten wie eine Schlacht;

andre, die mit in den Mond gestreuten
Dörfern, wie mit hingehaltnen Beuten,
sich ergaben, oder durch geschonte
Parke graue Edelsitze zeigten,
die er gerne in dem hingeneigten
Haupte einen Augenblick bewohnte,
tiefer wissend, daß man nirgends bleibt;
und schon sah er bei dem nächsten Biegen
wieder Wege, Brücken, Länder liegen
bis an Städte, die man übertreibt.

Und dies alles immer unbegehrend
hinzulassen, schien ihm mehr als seines
Lebens Lust, Besitz und Ruhm.

Doch auf fremden Plätzen war ihm eines
täglich ausgetretnen Brunnensteines
Mulde manchmal wie ein Eigentum.

Buddha in der Glorie

Mitte aller Mitten, Kern der Kerne,
Mandel, die sich einschließt und versüßt, –
dieses alles bis an alle Sterne
ist dein Fruchtfleisch: Sei gegrüßt.

Sieh, du fühlst, wie nichts mehr an dir hängt;
im Unendlichen ist deine Schale,
und dort steht der starke Saft und drängt.
Und von außen hilft ihm ein Gestrahle,

denn ganz oben werden deine Sonnen
voll und glühend umgedreht.
Doch in dir ist schon begonnen,
was die Sonnen übersteht.

O Leben Leben, wunderliche Zeit

O Leben Leben, wunderliche Zeit,
von Widerspruch zu Widerspruche reichend;
im Gange oft so schlecht so schwer so
schleichend
und dann auf einmal, mit unsäglich weit
entspannten Flügeln, einem Engel gleichend:
o unerklärlichste, o Lebenszeit.

Von allen groß gewagten Existenzen
kann Eine glühender und kühner sein?
Wir stehn und stemmen uns an unsre Grenzen
und reißen ein Unkenntliches herein.

Zu der Zeichnung, John Keats im Tode darstellend

Nun reicht an's Antlitz dem gestillten Rühmer
die Ferne aus den offnen Horizonten:
so fällt der Schmerz, den wir nicht fassen
konnten,
zurück an seinen dunkeln Eigentümer.

Und dies verharrt, so wie es, leidbetrachtend,
sich bildete zum freiesten Gebilde,
noch einen Augenblick, – in neuer Milde
das Werden selbst und den Verfall verachtend.

Gesicht: o wessen? Nicht mehr dieser eben
noch einverstandenen Zusammenhänge.
O Aug, das nicht das schönste mehr erzwänge
der Dinge aus dem abgelehnten Leben.
O Schwelle der Gesänge,
o Jugendmund, für immer aufgegeben.

Und nur die Stirne baut sich etwas dauernd
hinüber aus verflüchtigten Bezügen,
als strafte sie die müden Locken Lügen,
die sich an ihr ergeben, zärtlich trauernd.

*

Vom Zeichner dringend hingeballter Schatten
hinter das nur noch scheinende Gesicht:
so kommt die Nacht dem reinen Stern zustatten.

Das ist ein Ding, das alles unterbricht,
wozu die Dinge sich verstanden hatten;
denn, da es wurde, siehe, war es nicht.

O langer Weg zum schuldlosen Verzicht.
O Mühe zum ermächtigten Ermatten.

Klage

Wem willst du klagen, Herz? Immer gemiedener
ringt sich dein Weg durch die unbegreiflichen
Menschen. Mehr noch vergebens vielleicht,
da er die Richtung behält,
Richtung zur Zukunft behält,
zu der verlorenen.

Früher. Klagtest? Was wars? Eine gefallene
Beere des Jubels, unreife.
Jetzt aber bricht mir mein Jubelbaum,
bricht mir im Sturme mein langsamer
Jubelbaum.
Schönster, in meiner unsichtbaren
Landschaft, der du mich kenntlicher
machtest Engeln, unsichtbaren.

Es winkt zu Fühlung fast aus allen Dingen

Es winkt zu Fühlung fast aus allen Dingen,
aus jeder Wendung weht es her: Gedenk!
Ein Tag, an dem wir fremd vorübergingen,
entschließt im künftigen sich zum Geschenk.

Wer rechnet unseren Ertrag? Wer trennt
uns von den alten, den vergangnen Jahren?
Was haben wir seit Anbeginn erfahren,
als daß sich eins im anderen erkennt?

Als daß an uns Gleichgültiges erwarmt?
O Haus, o Wiesenhang, o Abendlicht,
auf einmal bringst du's beinah zum Gesicht
und stehst an uns, umarmend und umarmt.

Durch alle Wesen reicht der *eine* Raum:
Weltinnenraum. Die Vögel fliegen still
durch uns hindurch. O, der ich wachsen will,
ich seh hinaus, und *in* mir wächst der Baum.

Ich sorge mich, und in mir steht das Haus.
Ich hüte mich, und in mir ist die Hut.
Geliebter, der ich wurde: an mir ruht
der schönen Schöpfung Bild und weint sich aus.

An Hölderlin

Verweilung, auch am Vertrautesten nicht,
ist uns gegeben; aus den erfüllten
Bildern stürzt der Geist zu plötzlich zu
füllenden; Seen
sind erst im Ewigen. Hier ist Fallen
das Tüchtigste. Aus dem gekonnten Gefühl
überfallen hinab ins geahndete, weiter.

Dir, du Herrlicher, war, dir war, du Beschwörer,
ein ganzes
Leben das dringende Bild, wenn du es aussprachst,
die Zeile schloß sich wie Schicksal, ein Tod war
selbst in der lindesten, und du betratest ihn; aber
der vorgehende Gott führte dich drüben hervor.

O du wandelnder Geist, du wandelndster! Wie
sie doch alle
wohnen im warmen Gedicht, häuslich; und lang
bleiben im schmalen Vergleich, Teilnehmende.
Du nur
ziehst wie der Mond. Und unten hellt und
verdunkelt
deine nächtliche sich, die heilig erschrockene
Landschaft,
die du in Abschieden fühlst. Keiner

gab sie erhabener hin, gab sie ans Ganze
heiler zurück, unbedürftiger. So auch
spieltest du heilig durch nicht mehr gerechnete
Jahre
mit dem unendlichen Glück, als wär es nicht
innen, läge
keinem gehörend im sanften
Rasen der Erde umher, von göttlichen Kindern
verlassen.
Ach, was die Höchsten begehren, du legtest es
wunschlos
Baustein auf Baustein: es stand. Doch selber
sein Umsturz
irrte dich nicht.

Was, da ein solcher, Ewiger, war, mißtraun wir
immer dem Irdischen noch? Statt am
Vorläufigen ernst
die Gefühle zu lernen für welche
Neigung, künftig im Raum?

Ausgesetzt auf den Bergen des Herzens

Ausgesetzt auf den Bergen des Herzens.
    Siehe, wie klein dort,
siehe: die letzte Ortschaft der Worte, und höher,
aber wie klein auch, noch ein letztes
Gehöft von Gefühl. Erkennst du's?
Ausgesetzt auf den Bergen des Herzens.
    Steingrund
unter den Händen. Hier blüht wohl
einiges auf; aus stummem Absturz
blüht ein unwissendes Kraut singend hervor.
Aber der Wissende? Ach, der zu wissen begann
und schweigt nun, ausgesetzt auf den
Bergen des Herzens.
Da geht wohl, heilen Bewußtseins,
manches umher, manches gesicherte Bergtier,
wechselt und weilt. Und der große geborgene
    Vogel
kreist um der Gipfel reine Verweigerung. –
    Aber
ungeborgen, hier auf den Bergen des Herzens…

Immer wieder, ob wir der Liebe Landschaft auch kennen

Immer wieder, ob wir der Liebe Landschaft
auch kennen
und den kleinen Kirchhof mit seinen klagenden
Namen
und die furchtbar verschweigende Schlucht, in
welcher die andern
enden: immer wieder gehn wir zu zweien hinaus
unter die alten Bäume, lagern uns immer wieder
zwischen die Blumen, gegenüber dem Himmel.

An die Musik

Musik: Atem der Statuen. Vielleicht:
Stille der Bilder. Du Sprache wo Sprachen
enden. Du Zeit,
die senkrecht steht auf der Richtung
        vergehender Herzen.

Gefühle zu wem? O du der Gefühle
Wandlung in was? –: in hörbare Landschaft.
Du Fremde: Musik. Du uns entwachsener
Herzraum. Innigstes unser,
das, uns übersteigend, hinausdrängt, –
heiliger Abschied:
da uns das Innre umsteht
als geübteste Ferne, als andre
Seite der Luft:
rein,
riesig,
nicht mehr bewohnbar.

Sonett

Auf Elizabeth Barrett-Browning

O wenn ein Herz, längst wohnend im
Entwöhnen,
von aller Kunft und Zuversicht getrennt,
erwacht und plötzlich hört, wie man es nennt:
›Du Überfluß, Du Fülle alles Schönen!‹

Was soll es tun? Wie sich dem Glück versöhnen,
das endlich seine Hand und Wange kennt?
Schmerz zu verschweigen war sein Element,
nun zwingt das Liebes-Staunen es, zu tönen.

Hier tönt ein Herz, das sich im Gram
verschwieg,
und zweifelt, ob ihm dies zu Recht gebühre:
so reich zu sein in seiner Armut Sieg.

Wer *hat* denn Fülle? Wer verteilt das Meiste? –
Wer so verführt, daß er ganz weit verführe:
Denn auch der Leib ist leibhaft erst im Geiste.

Baudelaire

Der Dichter einzig hat die Welt geeinigt,
die weit in jedem auseinanderfällt.
Das Schöne hat er unerhört bescheinigt,
doch da er selbst noch feiert, was ihn peinigt,
hat er unendlich den Ruin gereinigt:

und auch noch das Vernichtende wird Welt.

Für Anita Forrer / zum 14. April 1921

O Sorge oft um euch, die ihr nicht lest

O Sorge oft um euch, die ihr nicht lest...
oh Wesende, im Grund der langen Tage, –
womit vergeht die Zeit, dieweil ihr west?
Ihr kennt sie nicht, zwar krankt ihr und genest,
fliegt auf in Lust und schleppt euch hin in
Plage –,
doch euch geschiehts in seltsamem Zugleich.
Das arm und reich, das Klare und das Trübe
ist nur am Rand, an den uns unser Streben
hinausgedrängt hat aus der Mitte Leben;
nun warten wir, daß einer niedergrübe
zurück zu euch, damit wir beides wären,
zertrennt und einig. Könnten wir als Schläfer
wenigstens weilen in den innern Sphären
und wachend wissen, daß wir unten Käfer,
Wurm, Larve waren, vor uns selbst versteckt;
kein selig sich vermählendes Insekt,
nein, meinetwegen eins mit halbzerstörten
Florflügeln, welches schon Verzicht getan
auf einen Teil der in den Lebensplan
der dumpfen Einfalt eingeweihten Beine...
Nur daß wir einmal in das *Eine*
hineingehörten!

Hörst du das Neue, Herr

Hörst du das Neue, Herr,
dröhnen und beben?
Kommen Verkündiger,
die es erheben.

Zwar ist kein Hören heil
in dem Durchtobtsein,
doch der Maschinenteil
will jetzt gelobt sein.

Sieh, die Maschine:
wie sie sich wälzt und rächt
und uns entstellt und schwächt.

Hat sie aus uns auch Kraft,
sie, ohne Leidenschaft,
treibe und diene.

Sonett

O das Neue, Freunde, ist nicht dies,
daß Maschinen uns die Hand verdrängen.
Laßt euch nicht beirrn von Übergängen,
bald wird schweigen, wer das ›Neue‹ pries.

Denn das Ganze ist unendlich neuer,
als ein Kabel und ein hohes Haus.
Seht, die Sterne sind ein altes Feuer,
und die neuern Feuer löschen aus.

Glaubt nicht, daß die längsten Transmissionen
schon des Künftigen Räder drehn.
Denn Äonen reden mit Äonen.

Mehr, als wir erfuhren, ist geschehn.
Und die Zukunft faßt das Allerfernste
rein in eins mit unserm innern Ernste.

Aus dem Umkreis der Sonette an Orpheus

Für Nike

Weihnachten 1923

Alle die Stimmen der Bäche,
jeden Tropfen der Grotte,
bebend mit Armen voll Schwäche
geb ich sie wieder dem Gotte

und wir feiern den Kreis.

Jede Wendung der Winde
war mir Wink oder Schrecken;
jedes tiefe Entdecken
machte mich wieder zum Kinde –,

und ich fühlte: ich weiß.

Oh, ich weiß, ich begreife
Wesen und Wandel der Namen;
in dem Innern der Reife
ruht der ursprüngliche Samen,

nur unendlich vermehrt.

Daß es ein Göttliches binde,
hebt sich das Wort zur Beschwörung,
aber, statt daß es schwinde,
steht es im Glühn der Erhörung

singend und unversehrt.

Heitres Geschenk von den kältern Bergen

Heitres Geschenk von den kältern
Bergen
versucht in den Juni den Sprung;
blinkend in Bach und Behältern
drängt sich Erneuerung.

Überall unter verstaubten
Büschen
lebendiger Wasser Gang;
und wie sie selig behaupten,
Gehn sei Gesang.

Die Frucht

Das stieg zu ihr aus Erde, stieg und stieg,
und war verschwiegen in dem stillen Stamme
und wurde in der klaren Blüte Flamme,
bis es sich wiederum verschwieg.

Und fruchtete durch eines Sommers Länge
in dem bei Nacht und Tag bemühten Baum,
und kannte sich als kommendes Gedränge
wider den teilnahmsvollen Raum.

Und wenn es jetzt im rundenden Ovale
mit seiner vollgewordnen Ruhe prunkt,
stürzt es, verzichtend, innen in der Schale
zurück in seinen Mittelpunkt.

Da dich das geflügelte Entzücken

Da dich das geflügelte Entzücken
über manchen frühen Abgrund trug,
baue jetzt der unerhörten Brücken
kühn berechenbaren Bug.

Wunder ist nicht nur im unerklärten
Überstehen der Gefahr;
erst in einer klaren reingewährten
Leistung wird das Wunder wunderbar.

Mitzuwirken ist nicht Überhebung
an dem unbeschreiblichen Bezug,
immer inniger wird die Verwebung,
nur Getragensein ist nicht genug.

Deine ausgeübten Kräfte spanne,
bis sie reichen, zwischen zwein
Widersprüchen... Denn im Manne
will der Gott beraten sein.

Der Magier

Er ruft es an. Es schrickt zusamm und steht.
Was steht? Das Andre; alles, was nicht er ist,
wird Wesen. Und das ganze Wesen dreht
ein raschgemachtes Antlitz her, das mehr ist.

O Magier, halt aus, halt aus, halt aus!
Schaff Gleichgewicht. Steh ruhig auf der Waage,
damit sie einerseits dich und das Haus
und drüben jenes Angewachsne trage.

Entscheidung fällt. Die Bindung stellt sich her.
Er weiß, der Anruf überwog das Weigern.
Doch sein Gesicht, wie mit gedeckten Zeigern,
hat Mitternacht. Gebunden ist auch er.

Eros

Masken! Masken! Daß man Eros blende.
Wer erträgt sein strahlendes Gesicht,
wenn er wie die Sommersonnenwende
frühlingliches Vorspiel unterbricht.

Wie es unversehens im Geplauder
anders wird und ernsthaft … Etwas schrie …
Und er wirft den namenlosen Schauder
wie ein Tempelinnres über sie.

Oh verloren, plötzlich, oh verloren!
Göttliche umarmen schnell.
Leben wand sich, Schicksal ward geboren.
Und im Innern weint ein Quell.

Quellen, sie münden herauf

Quellen, sie münden herauf,
beinah zu eilig.
Was treibt aus Gründen herauf,
heiter und heilig?

Läßt dort im Edelstein
Glanz sich bereiten,
um uns am Wiesenrain
schlicht zu begleiten.

Wir, was erwidern wir
solcher Gebärde?
Ach, wie zergliedern wir
Wasser und Erde!

Wilder Rosenbusch

Wie steht er da vor den Verdunkelungen
des Regenabends, jung und rein;
in seinen Ranken schenkend ausgeschwungen
und doch versunken in sein Rose-sein;

die flachen Blüten, da und dort schon offen,
jegliche ungewollt und ungepflegt:
so, von sich selbst unendlich übertroffen
und unbeschreiblich aus sich selbst erregt,

ruft er dem Wandrer, der in abendlicher
Nachdenklichkeit den Weg vorüberkommt:
Oh sieh mich stehn, sieh her, was bin ich sicher
und unbeschützt und habe was mir frommt.

Mädchen ordnen dem lockigen Gott

Mädchen ordnen dem lockigen
Gott seinen Rebenhang;
Ziegen stocken, die bockigen,
Weinbergmauern entlang.

Amsel formt ihren Lock-Ruf rund,
daß er rollt in den Raum;
Glück der Wiesen wird Hintergrund
für den glücklichen Baum.

Wasser verbinden, was abgetrennt
drängt ins verständigte Sein,
mischen in alles ein Element
flüssigen Himmels hinein.

Nachthimmel und Sternenfall

Der Himmel, groß, voll herrlicher Verhaltung,
ein Vorrat Raum, ein Übermaß von Welt.
Und wir, zu ferne für die Angestaltung,
zu nahe für die Abkehr hingestellt.

Da fällt ein Stern! Und unser Wunsch an ihn,
bestürzten Aufblicks, dringend angeschlossen:
Was ist begonnen, und was ist verflossen?
Was ist verschuldet? Und was ist verziehn?

Vollmacht

Ach entzögen wir uns Zählern und
  Stundenschlägern.
Einen Morgen hinaus, heißes Jungsein mit Jägern,
 Rufen im Hundegekläff.
Daß im durchdrängten Gebüsch Kühle uns
  fröhlich besprühe,
und wir im Neuen und Frein – in den Lüften
  der Frühe
 fühlten den graden Betreff!

Solches war uns bestimmt. Leichte beschwingte
  Erscheinung.
Nicht, im starren Gelaß, nach einer Nacht voll
  Verneinung,
 ein verneinender Tag.
Diese sind ewig im Recht: dringend dem Leben
  Genahte;
weil sie Lebendige sind, tritt das unendlich
  bejahte
 Tier in den tödlichen Schlag.

Nachwort
von Stefan Zweig

Von allen deutschen Dichtern der jüngsten Epoche hat sich keiner zuverlässiger, keiner überraschender und keiner glücklicher entwickelt als Rilke. Das Geheimnis dieser Entfaltung liegt außer in der Intensität der spezifisch lyrischen Begabung bei Rilke in der unerhört gewissenhaften Konsequenz, mit der er jeden inneren Fortschritt bis zum Extrem getrieben, jeder Errungenschaft ihre letzten Folgerungen abgezwungen hat.

Bewunderungswert ist diese üppige Entfaltung aus so schmächtigem Beginn. Anfangs, in den schlanken kleinen Heftchen des Siebzehnjährigen und Achtzehnjährigen, die, längst nicht mehr im Buchhandel erhältlich, nur bei seinen treuesten Bewunderern sich finden, bot er Gedichte, wie sie nicht gerade selten sind (und besonders seitdem), kurze Strophen, sich leise wiegend in ihrer Melodie wie Blüten im ersten Winde, zarte farbige Stimmungen, von einer sanften Musik leicht getragen, bunter Schmetterlingsflug, zart und vergänglich wie diese. Dann kam die Zeit einer größeren Sorgfalt für das einzelne Wort, für »die armen Worte, die im Alltag darben«, und dann für den seltsamen, den verschlungenen, den oft wiederholten Reim, den er mit unglaublicher Virtuosität handhabte. Und immer mehr dehnte er die Grenzen der Dichtung über die Nachbargebiete aus. Betont und klingend durch den Reim, fluteten die Gedichte langsam über in Musik. In ›Mir zur Feier‹ waren viele Verse, in denen der Sinn aufflog vom Wort, um ganz dem Rhythmus, dem Gesang die Stelle zu geben, Gedichte, die gehört werden wollen wie ein Lied und nicht durchforscht auf ihren Sinn. Bis in das Äußerste, bis in das Unmögliche hinein ist hier der Übergang ins Musikalische gebahnt worden; und dann, nach diesem äußersten Erfolge, wandte sich Rilke wieder dem Worte zu, aber nun nicht seiner äußeren Gestaltung, sondern seiner inneren Färbung. Im ›Buch der Bilder‹ ist dieses »Reifen durch Vergleiche«, dies eminent malerische Vermögen, ein nacktes Wort zu umkleiden, den nackten Begriff gewissermaßen zu kolorieren durch ein Bild, die von Musik bereits beflügelten Strophen nun auch bunt sein zu lassen wie Schmetterlinge oder Paradiesvögel, sie, die schon Gesang hatten und Flug, nun auch mit allen Farben der Wirklichkeit zu schmücken, diese eigenartige neuromantische Kunst, Vollendung geworden. So hat er von jeder

Phase seines Fortschreitens in die nächste einen Gewinn mitgenommen, so ist sein sinnvoller Aufstieg immer gewichtiger und bedeutsamer an Gehalt. Und so eingedrungen ist die Musik in seine Verse, so stark ihre bildnerische Kraft, daß er in diesem letzten Buche, das mehr schon der Plastik gehört als der lyrischen Malerei und Musik, bei einigen Gedichten zum ersten Male den Reim abzutun wagt, der bisher die fast charakteristischste Eigenart, das rollende Vehikel seiner Verse gewesen.

Rilkes anfangs so zärtliche Stimme ist stark geworden. Selbst der Bibel harter Ton ist dem Melodiker nicht mehr zu herb. Zu Flöte und Violine ist hier kräftig die Fanfare gesellt, zu den sanften Aquarellfarben der starke Meißel des Bildners. In die toten Dinge ist eine Bewegung gebracht, die erschreckend und fast gespenstisch wirkt. Durch den geheimnisvollen Mechanismus der Bilder in Bewegung gesetzt, beginnen sie sich zu rühren, wie die Schatten in den Nächten Bewegung zu haben scheinen, sie trinken eine Lebendigkeit um sich aus dem Menschen, der sie ansieht, werden organisch und beseelt, willenskräftig und schicksalsträchtig. Totes beginnt zu erwachen. Unfaßbares jählings Hände entgegenzureichen. Da ist der alte Platz in Furnes. Ein lebloses Beisammensein von Häusern.

Aber bei Rilke
Ladet der Platz zum Einzug seiner Weite
Die fernen Fenster unaufhörlich ein,
Während sich das Gefolge und Geleite
Der Leere langsam in den Handelsreihn
Verteilt und ordnet. In die Giebel steigend
Wollen die kleinen Häuser alles sehn,
Die Türme voreinander scheu verschweigend,
Die immer maßlos hinter ihnen stehn.

Jedes Ding ist erschöpft und bis in die letzte Fiber hinein ausgedeutet in Vergleichen. Rilke hat wie Hofmannsthals Held verlernt, »die Dinge einfach schon zu fühlen«. Und nur als Bilder begreift er sie, als ein stetes Aneinandererinnern der Dinge, und so wird das ganze Leben um ihn ein ungeheurer Zusammenschluß, ein ewiges Sicherläutern, ein wechselseitiges Ineinandergreifen. Nichts kann dem Dichter einzeln oder bedeutungslos sein, der es immer schon ganz unbewußt in Beziehung zu den anderen Dingen sieht, der eine geheimnisvolle Durchsichtigkeit des Wesenhaften besitzt, so daß er Farbe, Ton, Geste und Geschichte von Menschen und Dingen losschälen kann wie Blätter, sie einzeln anordnen und schichten nach seinem Willen. Mit diesem beispiellos intensiven Betrachten umreißt er nicht mehr die Gegenstände, sondern er dringt in sie ein, durchmeißelt sie, und nicht mehr der Malerei ist nun seine Kunst genähert, sondern der Plastik. Und wie Rilke Plastik empfindet, mag sein Buch über Rodin bezeugen, dem er durch viele Monate als Sekretär zur Seite stand, von dem er dieses letzte Geheimnis gelernt zu haben scheint, auch im kalten Stein noch Licht und Schatten, Farbe und Bewegung ordnend zu verteilen, ohne Kolorierung polychrom zu sein, nur durch den inneren Rhythmus bewegt, durch die Reinheit der Linie allein melodisch.

(1908)

Alphabetisches Verzeichnis der Überschriften und Anfänge der Gedichte

Die Gedichttitel sind *kursiv* gesetzt,
die Anfangszeilen gerade.

Rainer Maria Rilke

Briefe an einen jungen Dichter
Briefe an eine junge Frau

Mit einem Vorwort von Joachim W. Storck
und einer Erinnerung von Romain Rolland

Einfühlsame Briefe über Alltägliches, Erlebtes einerseits, über die Grundfragen des Daseins andererseits: über Gott, den Tod, die Liebe und die Kunst, über die Mühen und Freuden des Dichters und des Liebenden.

»Ich gehöre zu den Menschen, den altmodischen, die den Brief noch für ein Mittel des Umgangs halten, der schönsten und ergiebigsten eines.«
Rainer Maria Rilke

»Teurer Rilke!... Ich liebte in ihm den zartesten und geisterfülltesten Menschen dieser Welt, den Menschen, der am meisten heimgesucht war von all den wunderbaren Ängsten und allen Geheimnissen des Geistes.« *Paul Valéry*

»Generationen deutscher Leser galt und gilt Rilke als die Verkörperung des Dichterischen, sein klangvollrhythmischer Name wurde zum Inbegriff des Poetischen.« *Marcel Reich-Ranicki*

Johann Wolfgang Goethe im Diogenes Verlag

»Goethe ist unerschöpflich. Er kann nicht klassifiziert werden, weder als Dichter noch als Naturforscher, noch als Künstler, noch als Schriftsteller, weder als Verwaltungsbeamter noch als Hofmann, noch als Politiker. Er war alles und noch mehr.« *Karl Jaspers*

»Goethe zum Beispiel hat in allen Formen und Gattungen der Poesie Kunstwerke produziert.«
Georg Wilhelm Friedrich Hegel

Faust
Der Tragödie erster und zweiter Teil
Herausgegeben von
Ernst Merian-Genast
Mit einem Nachwort von
Thomas Mann

Die Leiden des jungen Werther
Roman. Mit einem Kommentar
des Autors aus dem Jahre 1814

Die Wahlverwandtschaften
Roman. Mit einem Nachwort von
Reinhard Baumgart

Die schönsten Gedichte
Ausgewählt von Franz Sutter

Denken mit
Johann Wolfgang Goethe
Herausgegeben und mit
einem Vorwort von
Ernst Freiherr von Feuchtersleben
Mit einer Schlußbemerkung
von Hans Tabarelli
(vormals: *Gedanken und Aussprüche*)

Außerdem erschienen:

Johann Wolfgang Goethe
Sein Leben erzählt von
Otto A. Böhmer

Friedrich Schiller im Diogenes Verlag

»Kein Deutscher ist wie er so ganz Bewegung. Seine Gedanken jagt er zu einem Ziel, seine Betrachtung zu einem Äußersten, Höchsten, seine Gestalten zu einem großen Entschluß, einem großen Abenteuer oder einem großen Untergang. Sein Leben und sein Tod gleicht dem des Fackelläufers, der in sich verzehrt, aber mit brennendem Licht ans Ziel kam, sterbend hinstürzte und so stürzend, so sterbend ein ewiges Sinnbild blieb. Etwas treibt die Deutschen immer wieder zu ihm zurück ...« *Hugo von Hofmannsthal*

»Schiller wächst, indem man sich mit ihm beschäftigt, vom Fernen ins Nahe.« *Friedrich Dürrenmatt*

»Freiheit, Frauen, Freundschaft: Friedrich Schiller steht der Gegenwart näher, als viele glauben.«
Volker Hage/Der Spiegel, Hamburg

Die schönsten Gedichte
Ausgewählt von Christian Strich

Denken mit Friedrich Schiller
Eine Auswahl aus den Briefen
und dem Prosawerk
Herausgegeben und mit einem Vorwort
von Wolfgang Kraus
(vormals: *Unsterbliche Hoffnung*)

Außerdem erschienen:

Friedrich Schiller
Sein Leben erzählt von Otto A. Böhmer

Otto A. Böhmer im Diogenes Verlag

Johann Wolfgang Goethe

Sein Leben erzählt von Otto A. Böhmer

Er gilt als Deutschlands größter Dichter: Johann Wolfgang Goethe. Es ist unglaublich viel über ihn geschrieben worden, und je mehr man über ihn geschrieben hat, desto mehr hat sich der Mensch, um den es dabei geht, seinen Bewunderern und Kritikern entzogen. Es scheint, als ob er bis auf den heutigen Tag eine Rolle spielen wollte, die er auch in seinem Leben gerne gegeben hat: sich zu wandeln, zu häuten, unkenntlich zu werden.
In diesem Buch wird das Genie von seinen verschiedenen Seiten gezeigt. Kurz, prägnant und doch reich an Fakten, Zitaten und Anekdoten – Otto A. Böhmer faßt auf unterhaltsame Weise das Wesentliche dieses langen, produktiven Lebens zusammen.

»Ein unverwechselbarer Tonfall. Böhmer schreibt äußerst einfühlsam, kenntnisreich und unterhaltend.«
Carlos Kleiber

Friedrich Schiller

Sein Leben erzählt von Otto A. Böhmer

Fragt man nach den bekanntesten deutschen Dichtern, dann nennt man ihn gleich nach Goethe; daß Schiller in der deutschen Literaturgeschichte so weit nach vorn kam, war indes lange nicht abzusehen. Anders als Goethe, der sich auf sein Glück verlassen konnte, mußte es Schiller zunächst so vorkommen, als werde er vom Schicksal stiefmütterlich behandelt.
Wie Schiller gegen sein Los aufbegehrt und entgegen allen Schwierigkeiten doch zu Weltruhm kommt, das erzählt Otto A. Böhmer kenntnisreich und unterhaltsam, anhand vieler Fakten, Zitate und Anekdoten.

»Kein Deutscher ist wie er so ganz Bewegung. Seine Gedanken jagt er zu einem Ziel, seine Betrachtung zu einem Äußersten, Höchsten, seine Gestalten zu einem großen Entschluß, einem großen Abenteuer oder einem großen Untergang. Sein Leben und sein Tod gleicht dem des Fackelläufers, der in sich verzehrt, aber mit brennendem Licht ans Ziel kam, sterbend hinstürzte und so stürzend, so sterbend ein ewiges Sinnbild blieb. Etwas treibt die Deutschen immer wieder zu ihm zurück ...« *Hugo von Hofmannsthal*

»Schiller wächst, indem man sich mit ihm beschäftigt, vom Fernen ins Nahe.« *Friedrich Dürrenmatt*

»Freiheit, Frauen, Freundschaft: Friedrich Schiller steht der Gegenwart näher, als viele glauben.«
Volker Hage / Der Spiegel, Hamburg

Heinrich Heine

Sein Leben erzählt von Otto A. Böhmer

»Unter den deutschen Dichtern, von denen er einer der bekanntesten und besten war, gehört Heinrich Heine zu den Stilisten. Einige seiner Gedichtzeilen haben sich dem allgemeinen Gedächtnis eingeprägt und sind von dort nicht mehr wegzudenken: ›Denk' ich an Deutschland in der Nacht‹, ›Ich weiß nicht, was soll es bedeuten‹ oder ›Du bist wie eine Blume‹. Mit seinem Witz, seinem Sarkasmus, mit der Lust, sich auch an Gegnern zu reiben, von denen er wußte, daß sie ihm nicht gewachsen waren, machte er sich nicht nur Freunde. Der Dichter Heinrich Heine war ein Künstler der Kritik, die er in Poesie umsetzte.«
Otto A. Böhmer

»*Heinrich Heine* von Otto A. Böhmer ist anders als viele der dickleibigen, staubtrockenen Heine-Werke. Dieses schmale Bändchen ist eine Ausnahmebiographie: lakonisch, witzig und äußerst kurzweilig geschrieben.« *Hessischer Rundfunk Online*

Friedrich Nietzsche

Sein Leben erzählt von Otto A. Böhmer

»Friedrich Nietzsche hat der Philosophie eine Faszination verliehen, die sie bis dahin nicht hatte. Das liegt vor allem daran, daß Nietzsche mindestens so sehr Dichter wie Philosoph war. Nietzsches Leben gleicht einer äußeren Leidensgeschichte: Er begann als Junggenie, wurde schon mit 24 Professor für klassische Philologie in Basel und mußte dann aus Krankheitsgründen frühpensioniert werden. Seine Krankheit, die schließlich in den Wahnsinn führte (über beides, Krankheit und Wahnsinn, streiten sich die Fachleute noch heute), wurde er nicht mehr los. Nach seiner vorzeitigen Pensionierung führte Nietzsche ein unstetes Reiseleben, in dem euphorisch-hellsichtige Phasen mit tiefen Depressionen abwechselten. Nietzsches Denken vollzieht sich auf einem selbstgewählten Höhenweg, der schließlich nur noch an Abgründen vorbeiführt. Im privaten Umgang blieb er stets ein liebenswürdig-bescheidener, zurückhaltender, ja oft schüchterner Mensch.« *Otto A. Böhmer*

»Böhmers Biographien über Dichter und Denker sind kenntnisreich und unterhaltsam.«
Stephan Reinhardt / Frankfurter Rundschau

Joseph von Eichendorff

Sein Leben erzählt von Otto A. Böhmer

Lange Zeit galt er als der Gemütsmensch unter den deutschen Dichtern, mit seinem Namen verbindet man Waldeslust und Andächtigkeit in freier Natur. Daß damit nicht der ganze Eichendorff gemeint sein kann, weiß man inzwischen; der Mann hatte mehr zu bieten. Was, das zeigt Otto A. Böhmer in dieser kurzen Biographie – auf seine gewohnt unverkrampfte und zugleich präzise Art, anhand von Fakten, Zitaten und Anekdoten.

Obwohl sich Joseph von Eichendorff schon früh zu den Dichtern hingezogen fühlt, betreibt er nach der Schule ein ganz anderes Studium: Er wird Jurist. In einer Zeit der Umbrüche und der beginnenden Industrialisierung meistert er stets den Spagat zwischen Nüchternheit und Poesie. Mit der Novelle *Aus dem Leben eines Taugenichts* und mit seiner Lyrik wird er schließlich einer der bekanntesten deutschen Romantiker. Die Vertonungen von Schumann und Mendelssohn haben ihn in aller Welt berühmt gemacht.

»Es ist nichts als Traum, Musik, Gehenlassen, ziehender Posthornklang, Fernweh, Heimweh, Leuchtkugelfall auf nächtlichen Park, törichte Seligkeit, so daß einem die Ohren klingen und der Kopf summt vor poetischer Verzauberung und Verwirrung.«
Thomas Mann

»Welch ein vortrefflicher Dichter.« *Heinrich Heine*